José Moselli

Le Premier des habitants du royaume de l'Ouest

Texte et illustration de couverture : © domaine public
Edition : Culturea (Hérault, 34)
Contact : infos@culturea.fr
Retrouvez notre catalogue sur http://culturea.fr
Imprimé en Allemagne par Books on Demand
Design typographique : Derek Murphy
Layout : Reedsy (https://reedsy.com/)

Dépôt légal : janvier 2023

ISBN : 9791041919178

Table des matières

Accroupi, immobile, entre le socle d'une statue d'Aménophis et l'angle d'une muraille, dans la quatrième salle des antiquités égyptiennes du British Museum, à Londres, Murphy Knobbles se livrait à de pénibles réflexions...

Oui. Il en était là, lui qui avait été un brillant officier de la flotte britannique, un de ceux parmi lesquels se recrutent les amiraux de la Grande Flotte... Il en était là. Caché, comme un voleur qu'il allait être, en attendant la fermeture du muséum. S'il était surpris... Mais – quoi ? Il n'en était plus à cela près !... Il avait trop aimé le jeu. Il l'aimait encore. Il avait joué... Il avait perdu... Pour régler ses différences, il avait puisé dans la caisse du « battle-ship », dont il avait la garde... Une inspection inopinée avait tout fait découvrir. Les autres officiers s'étaient cotisés, afin d'éviter le scandale. Il ne fallait pas que l'honneur de la flotte fût terni. Murphy Knobbles avait dû démissionner... Ensuite, ç'avait été la déchéance. Toujours le jeu. Murphy Knobbles avait exercé toutes sortes de métiers – plus ou moins louches. Plusieurs fois, il avait été arrêté, semoncé – relâché faute de preuves, un peu par pitié.

Et, maintenant, il attendait, caché dans ce recoin du British Museum. Il attendait la nuit pour voler une statuette d'argent représentant le roi Ramsès II... Une petite statuette, absolument intacte, une des gloires du British Museum. Un milliardaire la convoitait. Les milliardaires ont de ces fantaisies. Celui-là collectionnait les antiquités égyptiennes... L'antiquaire arménien Habib Belchian, avec qui Murphy Knobbles avait déjà conclu quelques affaires pas très claires, s'était chargé de procurer la statuette convoitée par son client... Il s'en était entretenu, prudemment d'abord, puis plus clairement, avec Murphy Knobbles, qui avait d'abord refusé, avec indignation... Mais Habib Belchian possédait un certain chèque, émis par Murphy Knobbles sur une banque où il ne possédait aucun dépôt... Chèque sans provision. En Angleterre, on punit cela de plusieurs années de prison...

Contre la remise de ce chèque et la somme de cinq cents livres sterling, Murphy Knobbles avait accepté de voler la statuette de Ramsès II et de la remettre à l'antiquaire... Habib Belchian allait certainement la revendre cent fois ce prix. Si seulement Murphy Knobbles avait connu le milliardaire... Mais il va de soi que Belchian s'était refusé à fournir la moindre précision sur son client. Secret professionnel. Prudence élémentaire...

Murphy Knobbles pensait à tout cela. Il se jurait de rentrer dans le droit chemin... Avec les cinq cents livres de l'Arménien, il allait se renipper, s'installer dans un hôtel décent... Et il chercherait une place d'officier sur quelque navire marchand... C'était possible... Et il ne jouerait plus. Mais, en se faisant cette réflexion, il souriait amèrement, car il savait bien qu'il jouerait encore, qu'il jouerait toujours...

Le gardien de la salle IV passa, traînant ses semelles sur les dalles. Depuis longtemps, le dernier visiteur était parti. Et, bientôt, ce fut la nuit. À travers les vitres embuées des fenêtres de l'immense salle, une clarté jaunâtre, fantomatique, filtra. Au dehors, le fog – l'éternel brouillard de Londres – épaississait l'air, étouffant tous les bruits.

Murphy Knobbles, qui était immobile depuis plusieurs heures, jugea qu'il pouvait sans risque quitter sa cachette. Avec des mouvements lents et calculés, afin de ne pas risquer de produire le moindre bruit, il se mit debout et s'étira...

Il s'était renseigné. Il savait que des rondes passaient à onze heures du soir et à quatre heures du matin. Il avait décidé d'agir à deux heures...

La montre de son poignet – une montre de nickel à bon marché, que lui avait fournie Habib Belchian – marquait à peine sept heures du soir...

Murphy Knobbles soupira. Un gardien pouvait passer. Il se replaça dans sa cachette...

Et les heures se succédèrent. De temps à autre, Murphy Knobbles percevait des frôlements, des craquements, des bruits vagues... Ses yeux, accoutumés à l'obscurité, pouvaient distinguer les faibles ombres portées sur le dallage par les étranges statues qui peuplaient la salle... des dieux, des rois, des démons, des animaux... Tout près de lui, à quelques mètres, il apercevait la ligne de vitrines contenant bijoux et statuettes. C'était dans une de ces vitrines qu'était la statuette du roi Ramsès II... Murphy Knobbles s'était muni d'un diamant acéré, d'un peu de mastic, d'une petite pince – un attirail de cambrioleur qu'il sentait dans la poche de son veston... Il avait aussi une petite lampe électrique. Habib Belchian, qui le savait combatif, lui avait conseillé de ne pas emporter d'armes. Cela valait mieux. Sous tous rapports. Murphy Knobbles s'était laissé convaincre.

La ronde de onze heures passa – à onze heures et demie, alors que l'ancien officier ne l'attendait plus. Deux hommes dont l'un était muni d'une puissante torche électrique, dont il balayait distraitement l'espace autour de lui... Ils traversèrent rapidement, sans s'arrêter, la quatrième salle et disparurent...

Plus que deux heures.

Murphy Knobbles se sentit plus optimiste.

Et – enfin ! – il jugea le moment venu... Les aiguilles de sa montre indiquaient deux heures moins dix...

Il lui semblait qu'il était là depuis plusieurs mois !

Sans bruit, il marcha vers la ligne de vitrines occupant le centre de la salle. C'était dans la troisième qu'était enfermée la statuette de Ramsès II. Murphy Knobbles en avait repéré l'emplacement avec soin.

Il atteignit la vitrine et, avec son diamant, entreprit de découper un large cercle dans le verre... Ce cercle enlevé, il passerait la main dans l'ouverture et saisirait la statuette, qu'il voyait luire dans l'ombre...

Une exclamation de colère et de dépit faillit lui échapper. Le verre était doublé... Du verre « armé » : deux lames entre lesquelles était insérée une feuille de mica... Impossible de le couper. Il fallait fracturer la vitrine.

Heureusement que Murphy Knobbles avait emporté une pince. Mais il était novice dans son métier de cambrioleur. Malgré ses précautions, le meuble craqua… Un craquement qui parut formidable au voleur… Il s'arrêta, de la sueur aux tempes. Rien ne bougea. Il fallait en finir. Il recommença ses pincées, avec plus de précautions encore… Cette fois, il ne produisit plus aucun bruit et, d'un dernier effort, arracha la serrure qui maintenait le couvercle de la vitrine.

Mais, comme il replaçait la pince dans sa poche, il entendit des piétinements précipités, provenant d'une salle voisine. Le bruit d'un appel parvint à son oreille. La porte faisant communiquer la quatrième salle égyptienne avec la salle des antiquités babyloniennes était ouverte. Mais Murphy Knobbles ne vit rien.

De sa main gantée – car il s'était muni de gants afin de ne pas laisser d'empreintes – il souleva le couvercle de la vitrine… L'autre main s'avança vers la statuette de Ramsès.

Dans la salle babylonienne, une lueur jaillit… Murphy Knobbles distingua deux hommes – dont un tenait une torche électrique – qui couraient dans sa direction…

Sa main droite voulut happer la statue… Elle glissa entre ses doigts… Il la ressaisit, mais elle s'accrocha à une autre statuette… Il la lâcha. Les deux hommes apparus dans la salle babylonienne étaient arrivés à la porte qui la faisait communiquer avec celle où se trouvait le voleur…

Murphy Knobbles devait fuir… Machinalement – sans savoir bien ce qu'il faisait – mû par le secret instinct de n'être pas venu pour rien, sa main se referma sur un objet plus facile à saisir. Une plaque de métal, dressée obliquement contre un petit cube de pierre...

Et, comme un fou, Murphy Knobbles se mit à fuir...

Les deux hommes durent le voir. L'un d'eux cria « Stop ! » ; l'autre lança un long coup de sifflet...

Murphy Knobbles n'en courut que plus vite... Par une porte ouverte, il passa dans une salle plus petite – la seconde salle des antiquités égyptiennes. Et l'idée lui vint que, s'il continuait à courir ainsi, il allait être infailliblement rejoint, cerné... Il bondit vers une des fenêtres. Sa chance voulut qu'elle ne fût pas fermée à clé. Il l'ouvrit. Le brouillard lui cachait le sol. Mais il savait qu'il n'était qu'à six à sept mètres de hauteur. Il enjamba le garde-fou de pierre, se laissa pendre dans le vide et lâcha prise.

Il tomba sur ses pieds – avec une telle violence qu'il demeura pendant plusieurs secondes la respiration coupée. Mais il ne s'était pas fait de mal. C'était le principal. Domptant sa suffocation, il traversa une étroite cour et arriva devant un passage voûté où il y avait de la lumière... Il vit, à l'extrémité du passage, une porte qui, à cet instant précis, s'ouvrit sur un gardien en uniforme... Murphy Knobbles, en quelques formidables foulées, arriva devant l'homme, le renversa d'un terrible direct au menton, et atteignit la porte avant qu'elle se fût refermée. Il la retint, passa, la referma et fut dehors.

Il reconnut qu'il était devant Bedford Square. Il le contourna et, à travers le brouillard, galopa les dents serrées. Quelques instants plus tard, il s'était enfoncé dans le dédale de petites rues qui avoisinent Tottenham Court Road.

Il s'arrêta, haletant, le cœur lui sautant dans la poitrine.

Autour de lui, le fog était plus dense que jamais. C'était tout juste si les candélabres des rues produisaient une faible tache jaune qui n'arrivait pas au sol...

Murphy Knobbles prit dans sa poche le diamant et la pince qu'il avait emportés et les jeta dans une bouche d'égout, ainsi que ses gants.

Puis, tâtant dans sa poche la plaque de métal, unique butin de son expédition, il revint vers Oxford Street.

Autour de lui, tout était calme. On ne le cherchait pas dans cette direction...

Le lendemain matin vers sept heures, Murphy Knobbles sortit de la misérable chambre qu'il habitait dans un boarding house de Whitechapel. Son premier soin fut d'acheter un journal. Mais on n'y parlait pas encore de ce qui s'était passé au British Museum.

Murphy Knobbles s'engouffra dans l'« Underground » – le chemin de fer souterrain de Londres, et, quelques minutes plus tard, arriva devant le luxueux magasin de M. Habib Belchian.

L'antiquaire l'attendait, l'ayant fait passer dans son arrière boutique, il l'interrogea du regard.

— Rien ! grommela Murphy Knobbles. J'ai été obligé de fracturer la vitrine où était la statue. Elle était protégée par du verre triplé. Et, comme j'allais saisir la statue, des gardiens, avertis par quelque signal que j'avais dû déclencher sans m'en apercevoir, sont arrivés… J'ai réussi à fuir je ne sais comment… après avoir pris au hasard un objet qui m'est tombé sous la main. Cette plaque !…

M. Habib Belchian avait plissé sa face grasse et jaune – du mépris et du dépit. Sans répondre, il prit la plaque que lui tendait l'ancien officier de marine et l'examina.

Il eut un haussement d'épaule dégoûté.

— Ça ? ricana-t-il. C'est un cartouche de roi d'Égypte !… J'en ai comme ça des dizaines… Ça vaut dix livres… et encore. D'ailleurs je n'en veux pas !… Pas besoin de risquer des histoires pour de pareilles bêtises !… L'affaire me coûte au moins quarante livres… Comme toujours, j'ai été trop bon, trop confiant. Ça me servira de leçon !… Prenez votre machin… Je ne vous retiens pas… J'ai à faire !…

Murphy Knobbles eut payé très cher pour pouvoir corriger le misérable mercanti. Mais celui-ci pouvait le perdre. Le chèque !

— Je regrette, mister Belchian ! dit-il simplement. J'ai fait de mon mieux !…

Il s'en alla sur ces mots.

Il devait une semaine de location pour sa misérable chambre. Et il possédait, pour toute fortune, un peu moins d'une livre sterling. Ses vêtements étaient en lambeaux…

Il tâta dans sa poche la mince plaque de métal, seul butin de sa dangereuse expédition et, réflexions faites, reprit l'« Underground » et débarqua à la station de Limehouse, le quartier chinois de Londres. Peu d'instants plus tard, il arriva dans Phaebe Street, devant The Dolphin, un public house de dernière catégorie, où il espérait voir une de ses connaissances, Charles Casement, un vieillard de quatre-vingts ans, qui avait été un savant réputé, un de ces égyptologues qui déchiffrent et lisent les hiéroglyphes comme s'ils étaient contemporains des pharaons Tout Ank Amon ou Amenhotep...

Dans la petite salle basse qui sentait la bière aigre, la fumée de mauvais tabac et la crasse, Murphy Knobbles aperçut celui qu'il cherchait : un homme de haute taille, voûté, vêtu d'habits rapiécés et suiffeux, le crâne chauve couvert d'un chapeau melon dont les bords et le ruban avaient pris une teinte verdâtre... Le visage du vieillard était presque entièrement recouvert d'une barbe grisâtre et embroussaillée, qui ne laissait à découvert que les pommettes, le nez violacé et les petits yeux noirs au regard étrange. Tel était Charles Casement... l'ivrognerie l'avait conduit là. Il couchait dans un hangar en ruines et passait ses journées au Dolphin où il gagnait quelques pence en écrivant des lettres pour les boys arabes, hindous ou chinois qui fréquentaient le public house.

Murphy Knobbles alla s'asseoir à côté de lui, dans un angle, au fond de la salle, sous l'escalier tournant qui conduisait au premier étage.

Il y avait peu de clients dans le public house : deux chinois qui avalaient goulûment une omelette au petit-salé et un docker debout contre le haut comptoir de bois, devant un verre d'ale.

Murphy Knobbles après avoir échangé quelques mots avec Charles Casement, lui fit passer la plaque de métal, son unique butin de la nuit, et demanda ce qu'il en pensait.

— J'ai trouvé ça dans le ruisseau, ce matin... expliqua-t-il. Est-ce que cela vaut quelque chose ?

Charles Casement se redressa légèrement. Ses petits yeux brillèrent. Son nez violacé se plissa :

— Oh, oh !... dit-il.

— Quoi ?

L'égyptologue ne répondit pas. Pendant un long quart d'heure, il demeura immobile, à examiner la plaque dans tous les sens, à la flairer en quelque sorte, tout en murmurant des syllabes incompréhensibles pour l'ancien officier de marine. Celui-ci, patiemment, attendit.

— ... Well... murmura enfin Charles Casement. C'est un cartouche de roi d'Égypte !... De Thoutmosis III, de la dix-huitième dynastie... qui vécut quinze siècles avant l'ère chrétienne et conquit la Syrie... Un grand roi !... Son tombeau est à Biban el Moulouk, près de Thèbes... Ce cartouche était fixé au socle d'un ushabti, qui se trouvait dans le tombeau du souverain !... l'ushabti est une statue à laquelle les prêtres égyptiens, par des artifices magiques, donnaient le pouvoir d'assister les défunts lors de leur comparution devant le dieu des enfers... Mais là n'est pas la question... Le cartouche mentionne que la momie de Thoutmosis III est protégée, non seulement par l'ushabti, mais surtout par Khenti Amentiou, dont la statue a été enterrée sous le pilier du roi défunt... Or savez-vous qui est Khenti Amentiou ? C'est celui qui est appelé le premier des habitants du royaume de l'Ouest... Et le royaume de l'Ouest, c'est celui des morts !...

Khenti Amentiou est représenté sous la forme d'un homme à tête de chien... Sa statue, qui est toujours grandeur naturelle, est toujours en or... en or pur !... Peut-être est-elle encore à sa place sous le pilier ? D'abord parce que tous les objets retirés de la tombe de Thoutmousis III sont au musée du Caire où je les ai vus !... Et il n'y avait pas de statue de Khenti Amentiou !... D'autre part, ce cartouche est gravé en hiéroglyphes ésotériques, que peu d'égyptologues sont parvenus à déchiffrer !... J'avais commencé une étude sur ce sujet... Mais... depuis... Prenez votre cartouche !... Il est précieux... Celui qui suivra les indications que je viens de vous lire... peut-être ramènera-t-il le Premier des Habitants du Royaume de l'Ouest... Trois ou quatre mille livres d'or...

... Seulement, moi... je ne tenterais pas l'entreprise... Non !... Car il est dit que celui qui touchera l'effigie du premier des habitants du Royaume de l'Ouest, Horus, le dieu du Soleil, se retirera de lui... et il périra dans les ténèbres !

Le vieillard hocha la tête. Il regarda Murphy Knobbles, eut un ricanement ambigu et conclut d'une voix timide :

— ... Vous me donnez bien une couronne pour mes explications.

Murphy Knobbles demeura quelques secondes sans répondre. Puis, ayant repris le mystérieux « cartouche », il tendit au vieil égyptologue son billet d'une demi-livre – toute sa fortune ! – et chuchota :

— Pas un mot à personne, n'est-ce pas ?

Il s'en alla sur ces mots, cependant que Charles Casement commandait un verre de whisky au garçon du « Dolphin ».

Une fois dans la rue, Murphy Knobbles cracha de dégoût. Il était écœuré de tout... Pour un peu il eût été se jeter dans la Tamise.

— Faisons le point ! maugréa-t-il entre ses dents, tandis qu'il cheminait à travers une ruelle étroite et fangeuse où circulaient des Chinois loqueteux et des marchands de tapis ambulants... Il me reste sept shillings et trois pence... Et je dois une semaine de chambre... soit huit shillings... Autrement dit, je suis à sec – broken !...

Comme actif... le cartouche du roi Thoutmosis !...

... Évidemment, il vaut quelque chose... Mais sa photo va être publiée dans les journaux... Aucun antiquaire ne me l'achètera !... Si je le montre, je suis « fait » !... D'ailleurs je n'en tirerais pas lourd...

... Le mieux, le plus intelligent... ce serait de partir pour l'Égypte et d'aller voir si la statue du premier habitant du Royaume de l'Ouest est toujours sous son pilier – à Thèbes... Mais ce n'est pas avec sept shillings... et trois pence... que je peux payer le voyage !... Sans compter que, une fois là-bas, si je trouve la statue du gentleman Khenti Amentiou, il faudra l'emporter, la négocier... Difficile !... Les antiquités égyptiennes appartiennent de droit au gouvernement égyptien !... Il faudra se débrouiller !... hum... Mais qui avancerait les fonds ?

Murphy Knobbles hocha la tête. Il se sentit affamé. Il n'avait pas pris le temps de déjeuner. Et son expédition de la nuit, autant que le verre de bière avalé en compagnie de Charles Casement, lui avaient creusé l'estomac.

Il entra dans un public house aussi puant, aussi sordide que The Dolphin, et faillit se heurter à deux voyous crapuleux, debout contre la porte, qui discutaient à haute voix sur les chances de deux « cracks » devant courir à Epsom.

— Et moi, disait le plus petit, je te répète que ton book est une fripouille !... Ses tuyaux crèvent toujours !... Il...

Murphy Knobbles se rejeta en arrière et ressortit. Les paroles qu'il venait d'entendre lui faisaient soudain penser à une de ses vieilles connaissances, William Wachstein, surnommé « W.W. », un bookmaker chez qui il avait souvent joué. Il avait changé de métier et devait, présentement, être garagiste, du côté de Chancery Lane, dans Clerkenwell Road.

W.W. était un garçon entreprenant, aventureux... avec cela très avide... Peut-être s'intéresserait-il à l'affaire qui, somme toute, pouvait rapporter d'énormes bénéfices. Sans plus penser à déjeuner, Murphy Knobbles décida d'aller le voir et descendit dans la plus proche station de l'« Underground ».

Moins de vingt minutes plus tard, il arriva devant le Splendid Garage, situé au fond d'une impasse, dans une vaste cour encombrée de débris de toutes sortes. Du premier coup d'œil, Murphy Knobbles constata que les affaires de W.W. ne devaient pas être prospères. Le vaste hangar servant de garage contenait une unique voiture – une grosse limousine américaine aux ailes cabossées, aux pare-chocs tordus et rouillés... Les établis, les étaux installés contre les murailles étaient déserts. Pas un ouvrier. Sur le sol, un cric, de grosses clés anglaises traînaient parmi des chiffons pourris. Plus loin, une enveloppe de pneumatique voisinait avec des bidons d'huile vides...

— Hello quelqu'un ? appela Murphy Knobbles, déçu.

— Qu'est-ce que c'est ? grogna une voix, qui était celle de W.W.

Il surgit aussitôt par une porte située au fond du hangar. C'était un homme blond, de forte corpulence, qui devait être âgé de quarante ans. Sa face plate et jaune, aux petits yeux gris, exprimait la ruse et la bestialité. Il était revêtu d'un pantalon de toile grossière, retenu par une ceinture de cuir, et d'un épais pull-over de laine grisâtre.

Il enveloppa son visiteur d'un regard méfiant et circonspect et, l'ayant soudain reconnu, glapit :

— ... ho ! Mister Knobbles !... Ça va ?

— Comme ça ! fit l'ancien officier, sans se compromettre.

... Moi... ça ne va pas !... Je liquide !... J'y laisserais mes derniers farthings, dans cette boîte !... grommela le garagiste... Qu'est-ce qu'il y a pour votre service ? demanda-t-il en évaluant d'un air connaisseur les souliers boueux et les habits mal rapiécés de son visiteur.

Murphy Knobbles comprit ce qu'il pensait. Il sourit et expliqua qu'il apportait une affaire merveilleuse... la fortune enfin !... Facile et rapide !... Mais il fallait se décider vite !

La méfiance exprimée par le visage de W.W. s'accentua.

— Venez dans mon bureau ! dit-il.

Le « bureau » de W.W. se composait d'un réduit cubique, d'environ deux mètres cinquante de côté, dont les parois, blanchies à la chaux, étaient tachées de graisse et de cambouis. Comme meubles, une table de bois blanc, deux chaises et une sorte d'armoire dont les battants avaient été arrachés, et qui était vide.

Au plafond pendait une ampoule électrique coiffée d'un abat-jour de fer blanc, et qui était allumée, la pièce ne possédant pas d'autre ouverture que la porte. W.W. la ferma, indiqua une chaise à son visiteur et s'assit sur l'autre.

W.W. qui avait connu Murphy Knobbles au temps de sa splendeur, alors qu'il était un riche et honorable officier de la flotte de Sa majesté Britannique, conservait pour lui une certaine déférence. Il écouta avec attention Murphy Knobbles lui expliquer qu'un de ses amis lui avait légué un « cartouche » d'un ancien roi d'Égypte, cartouche qu'il avait fait traduire par un égyptologue érudit, et qui indiquait où se trouvait une statue en or, qui devait peser plusieurs milliers de livres... Le cartouche indiquait avec précision où se trouvait la statue. Rien ne serait plus facile que de la déterrer. Ensuite de la dépecer, de la fondre et de vendre l'or... Comme mise de fonds, moins que rien : le prix d'un voyage en Égypte et quelques outils...

— Faites voir ce... comment que vous dites ?... cartouche ? demanda le garagiste.

Murphy Knobbles le lui tendit... W.W. regarda la plaque, sortit sans rien dire et revint presque aussitôt avec un journal qu'il venait précisément d'acheter et qui relatait le vol commis au British Museum. Au milieu de la première page s'étalait la photographie grandeur nature du cartouche apporté par Murphy Knobbles.

— Qu'est-ce que vous dites de ça ? ricana W.W. en lui plaçant le journal sous le nez.

Murphy Knobbles ne se troubla pas.

— Drôle de coïncidence, remarqua-t-il froidement. Tous deux se ressemblent beaucoup ! C'est étonnant !

— Moi, je m'en balance ! remarqua W.W. en lui lançant un drôle de regard. Le principal, c'est que... ce que vous racontez ne soit pas des bobards !...

— Ce n'en est pas ! assurant l'ancien officier de marine.

W.W. sourit. De savoir que le cartouche avait été volé du British Museum le décidait. Il se disait que, pour avoir affronté de pareils risques – plusieurs années de pénitencier ! – un homme comme Murphy Knobbles devait avoir de puissantes raisons – autrement dit que l'histoire de la statue d'or était probablement véridique.

Et ainsi, l'affaire fut conclue. Les deux hommes devaient partager également les profits de l'expédition. Cependant W.W. exigea qu'avant tout partage ses frais devaient être remboursés, ce qui fut accepté.

*　*　*

Cinq jours plus tard, les deux hommes prirent le paquebot pour Alexandrie. En troisième classe. W.W. n'entendait pas jeter l'argent par les fenêtres !

Voyage sans incident. À Alexandrie, W.W. acheta une grosse auto américaine, de modèle ancien, mais solide. Et en route pour la Haute Égypte.

Les routes égyptiennes – quand elles existent ! – ne sont pas des meilleures. Les voyages, en Égypte, se font par le Nil ou en chemin de fer... Mais les associés avaient des raisons à eux pour amener leur auto.

Jusqu'au Caire tout alla bien. Ensuite, la vieille auto dut longer le Nil, par des chemins à peine tracés, creusés d'ornières et de fondrières, qui mirent le véhicule à de rudes épreuves. Se donnant pour des touristes modestes, ils feignirent de visiter de nombreuses ruines disséminées le long du fleuve et, après une semaine de pérégrinations, atteignirent Keneh, en haute Égypte, où ils traversèrent le Nil sur un bac. Biban el Moulouk, où se trouve la nécropole de Thoutmosis III, est située, en effet, sur la rive gauche du fleuve.

De Keneh à Biban el Moulouk, il y a moins de soixante kilomètres, qui furent franchis sur de véritables pistes, serpentant à travers rochers et dunes de sable.

Et, à la nuit, la vieille auto s'arrêta dans la vallée des Rois, parmi les tombes en ruines et les nécropoles saccagées... C'était la saison des pluies. Depuis le matin, une averse fine ne cessait pas. Les touristes, par chance, étaient peu nombreux. Et ils étaient demeurés dans leurs hôtels, ou à bord des bateaux du Nil, ancrés devant Louksor, sur la rive droite du Nil.

Et, vers deux heures du matin, lors que tout était calme et silence, les deux associés, sous la pluie qui tombait toujours, contournèrent le grand temple de Deir El Bahri, qui dressait son énorme masse dans les ténèbres, longèrent une avenue de grands sphinx pareils à de gigantesques fauves, et descendirent au fond de la vaste vallée où se trouvent les sépultures des rois d'Égypte des dix-huitième et vingtième dynasties...

Murphy Knobbles, à Londres et au Caire, s'était procuré toutes sortes de cartes et de plans qui devaient permettre à son compagnon et à lui, d'identifier rapidement la tombe de Thoutmosis III. Mais, dans les ténèbres, ce ne fut pas facile. Un peu partout, les constructions en ruine, qui avaient renfermé les dépouilles des pharaons, se dressaient. Dans l'obscurité, elles se ressemblaient toutes...

Murphy Knobbles, s'aidant d'une boussole et d'un plan, qu'éclairait W.W. à l'aide d'une lampe électrique, parvint cependant à s'orienter. Ayant identifié le tombeau de Ramsès III, reconnaissable aux deux piliers flanquant l'escalier par lequel on y accède, il n'eut plus qu'à marcher vers le sud et, à environ deux cents cinquante mètres, arriva enfin devant le mausolée du pharaon, lequel était situé au fond d'un étroit ravin rocheux.

Éclairés par la torche électrique de William Wachstein, les associés traversèrent un couloir en pente, qui aboutissait à un escalier aux marches abruptes, qu'ils descendirent. En bas, un second corridor conduisait à une vaste chambre, barrée par un profond fossé qu'enjambait un léger pont de poutrelles de fer, installé par l'administration égyptienne... La chambre du fossé franchie, les deux hommes pénétrèrent dans une salle plus vaste, soutenue par deux piliers et dont le plafond était orné d'étoiles. Sur les murailles, d'innombrables hiéroglyphes...

— C'est ici ! fit à voix basse Murphy Knobbles en désignant une porte creusée dans le roc, dans le fond de la salle, et que surmontait un cartouche portant gravé le nom de Thoutmosis III.

Ayant passé cette ouverture, Murphy Knobbles et W.W. pénétrèrent dans une grande salle de forme ovale, dont le plafond bleu était parsemé d'étoiles jaunes. Deux piliers soutenaient le plafond de cette salle... Contre le second pilier, le plus éloigné de l'ouverture qu'ils venaient de passer, les deux hommes distinguèrent un sarcophage de pierre rouge... Le sarcophage qui avait contenu la momie de Thoutmosis III. Toutes sortes de scènes y étaient peintes... Mais les associés n'avaient d'yeux que pour le pilier voisin, sur lequel des dieux et des démons étaient peints. C'était sous ce pilier, d'après le cartouche du British Museum, qu'était enfermée la statue d'or du Premier des Habitants du Royaume de l'Ouest...

— Here we are ! fit W.W. dont les petits yeux brillaient de convoitise.

Pendant quelques minutes, les deux hommes tournèrent autour du pilier. Ils cherchaient comment le déplacer, le soulever… À première vue, cela apparaissait impossible. Le pilier, de forme ronde, mesurait un mètre de diamètre. Il était solidement encastré, scellé dans les dalles du sol et dans celles formant le plafond.

— Rien à faire, grommela W.W., après avoir longuement examiné les énormes blocs de pierre formant la massive colonne… Fallait s'en douter, ajouta-t-il ? Moi qui…

— Ne bougez pas… Je crois que j'ai trouvé ! interrompit Murphy Knobbles en dirigeant sa torche électrique vers l'une des dalles du sol, qui touchait la base du pilier. Des hiéroglyphes, à demi effacés, y étaient gravés. Et l'un d'eux, un cercle, avec un point au centre, représentant le soleil, était reproduit trois fois sur le pilier, juste au-dessus de la dalle gravée. Murphy Knobbles tâta successivement les trois points existant au milieu des trois cercles gravés sur le pilier. Il ne découvrit rien. W.W., qui l'avait observé, fit entendre un ricanement moqueur.

Mais, sans se décourager, Murphy Knobbles examina, une à une, les dalles du sol. Sur toutes, une sorte de grille, de forme rectangulaire, était gravée. Murphy Knobbles remarqua que ces grilles ne se composaient pas du même nombre de barreaux. Les unes en comptaient dix, d'autres onze. L'ancien officier eut la patience de s'assurer du nombre de barreaux de chaque grille... Sa torche en main, il avança lentement, de long en large, sous le regard ironique de W.W.

Et soudain, comme il avait examiné presque toutes les dalles, une exclamation de triomphe jaillit de ses lèvres... Toutes les grilles creusées dans les dalles possédaient dix ou onze barreaux. Toutes, sauf une seule, située à moins d'un mètre du second pilier, et qui comptait douze !

Douze !... Le chiffre fatidique !... Murphy Knobbles se rappela les explications de Charles Casement : l'_Amduat_, ou Livre de la Mort, des anciens Égyptiens, mentionnait que le « Monde souterrain » contient « douze » cavernes correspondant aux douze heures de la Mort... Or, le « Premier des Habitants du Royaume de l'Ouest », c'était le dieu de la mort !

Murphy Knobbles bondit vers la pince d'acier qu'il avait posée sur le sol, à quelques pas de lui, et entreprit de soulever la dalle ornée de la grille aux douze barreaux...

À peine eut-il introduit le bec de la pince dans une mince fente de la pierre, qui se confondait avec le douzième barreau, qu'il n'eut que le temps de se rejeter en arrière pour ne pas être entraîné par le bloc de pierre, lequel basculait lentement dans le sens de sa longueur, et glissait dans une cavité oblique creusée dans le sol...

À sa place, Murphy Knobbles et W.W. virent un puits carré... Ils s'en approchèrent, l'éclairèrent de leurs torches et reconnurent que ce puits aboutissait à la partie supérieure d'une cavité ovoïde, haute d'environ trois mètres, aux parois peintes en rouge sombre...

Une même exclamation retentit, poussée par les deux hommes. Au milieu de la cavité, une statue se dressait... La statue d'un homme debout... d'un homme à tête de chien, qui, le museau levé dans leur direction, semblait les regarder de ses yeux en pierre noire. La statue, en or massif, brillait d'un éclat doux, et son ombre se dessinait fantastiquement sur les parois intérieures de la cavité...

— Le voilà ! aboya W.W. d'une voix que la convoitise faisait trembler.

Murphy Knobbles, sans savoir pourquoi, eut un petit frisson. Il se rappelait l'avertissement du cartouche : « Celui qui touchera l'effigie, Horus se retirera de lui et il périra dans les ténèbres... »

— Elle pèse au moins trois mille livres ! reprit W.W. Ce sera impossible de l'enlever telle quelle !... Heureusement que nous avons apporté ce qu'il faut !

C'est à dire plusieurs scies à métaux.

Les associés tinrent un rapide conciliabule. W.W. qui avait l'habitude de manier les outils, descendit dans la cavité et commença aussitôt de débiter la statue en morceaux...

Il travailla plusieurs heures...

Un peu avant le lever du soleil, ils regagnèrent leur auto, emportant, empaquetés dans des chiffons, plusieurs énormes lingots d'or arrachés à la statue. Murphy Knobbles, qui avait découvert le dispositif permettant de remettre en place la dalle basculante, avait veillé à ce que toute trace de l'opération ait disparu.

La pluie, heureusement, continuait à tomber et les touristes étaient rares.

La nuit suivante, les deux associés revinrent dans le tombeau de Thoutmosis, et achevèrent de débiter en fragments – pesant de quarante à cinquante kilos – l'effigie du Premier des Habitants du Royaume de l'Ouest...

Les blocs d'or furent transportés en auto dans le désert libyen, à une vingtaine de miles de la berge du Nil, parmi les ravins rocheux et les dunes de sable. Là, les deux hommes, patiemment, découpèrent les débris de la statue en morceaux plus petits, qu'ils firent fondre dans des casseroles de fer, de façon à en former de petits lingots – et de faire disparaître ainsi toute trace de l'origine du métal précieux...

W.W., qui s'y connaissait, avait reconnu que Le Premier des Habitants du Royaume de l'Ouest se composait d'or absolument pur – d'or vierge...

Restait la question de transporter cet or – et de s'en défaire. Pour cela, il fallait le transporter dans une grande ville. À Alexandrie, par exemple...

Mais les lingots pesaient ensemble près de deux mille kilos. L'auto ne pouvait transporter pareil poids. Faire plusieurs voyages ?... Bien risqué. Car il eût fallu laisser la plus grande partie de l'or enterrée dans le sable – sans être certains de la retrouver. Après avoir envisagé plusieurs expédients, les associés décidèrent d'acheter une vieille dahabieh

– chaland à voile du Nil – et de cacher les briques d'or dans le sable.

Ce fut difficile à trouver. Enfin, après une semaine de recherches, Murphy Knobbles finit par dénicher, près de Louksor, une vieille dahabieh qui venait d'arriver avec un chargement de chaux. Elle appartenait à un Grec, appelé Demetrios Frangopoulos, qui se trouvait à bord. Il consentit à la vendre après de longs marchandages, moyennant cent soixante cinq livres sterlings. Elle en valait bien la moitié, à peine…

« Masr » était son nom. Ses voiles étaient déchiquetées, rongées des rats… La coque, rapiécée en vingt endroits avec de vieilles planches, faisait eau. La pompe de cale devait fonctionner pendant plusieurs heures chaque jour pour la maintenir à flot.

Et Frangopoulos exigea de rester à bord comme matelot… Mais, aussi bien, il assurait être un bon pilote du Nil. Alors autant lui qu'un autre.

Mais il fallait qu'il ne connût pas la présence de l'or.

Murphy Knobbles l'envoya acheter des voiles neuves à Assiout. Ce qui lui demanda plus d'une semaine, que les associés mirent à profit pour transporter sur la dahabieh, et cacher dans le sable les précieuses briques d'or.

Frangopoulos revint avec les voiles, le Masr descendit le Nil. Frangopoulos, petit homme maigre et brun, âgé de trente cinq ans, parlait peu mais gesticulait beaucoup. Murphy Knobbles surprit certains regards étonnés et curieux qu'il adressait aux deux associés, quand il ne se croyait pas vu… Évidemment, le Grec se demandait quelle était la vraie raison pour laquelle les deux hommes avaient acheté son rafiot au double de sa valeur…

Quinze jours furent nécessaires pour atteindre Alexandrie.

Une fois dans le grand port égyptien, W.W. entreprit de négocier l'or… Il comprit tout de suite que ce serait impossible ! Partout, on lui en demandait l'origine… Dès qu'il parlait de disposer de deux tonnes d'or, on le regardait avec étonnement – et méfiance.

Rien à faire, à moins de s'aboucher avec des receleurs. Mais c'était trop dangereux et les associés risquaient d'y perdre les trois quarts de leur butin, sinon le butin tout entier.

Murphy Knobbles avait reconquis tout son ascendant sur W.W.

— Voilà ce qu'il faut faire ! décida-t-il un matin, en l'absence de Frangopoulos.

— … Il nous faut aller en Angleterre. À Liverpool ou à Londres où nous négocierons facilement notre or, sans qu'on nous demande des explications embarrassantes… Nous allons vendre la dahabieh… Nous achèterons un petit navire, pouvant être manié par nous trois, et en route !…

— Naturellement, ces frais me seront remboursés avant tout partage ! fit W.W. après quelques instants de réflexions.

— Entendu !

Il fallut d'abord acheter le navire en question. Ce fut difficile ! Les quelques caboteurs de la côte égyptienne étaient trop importants pour être maniés par trois hommes... Finalement, W.W. découvrit au fond du port, un vieux remorqueur grec, l'« Ellas », dont la chaudière, par chance, chauffait au mazout. L'« Ellas » ne valait guère mieux que le Masr. Très bas sur l'eau, long d'une quinzaine de mètres, c'était tout juste s'il était en état de tenir la mer. Mais les associés avaient décidé de ne pas s'éloigner des côtes...

W.W. dut débourser trois cent cinquante livres sterlings... Presque tout ce qu'il possédait... Une centaine de livres furent encore nécessaires pour le ravitaillement de l'« Ellas », en mazout, en eau douce, en vivres...

Le Masr fut vendu – moyennant soixante-cinq livres sterlings... près du tiers de son prix d'achat, ce qui fit pousser de nouveaux cris à W. W...

Frangopoulos accepta de partir sur l'« Ellas », moyennant un fort salaire. Et, par un matin ensoleillé, l'« Ellas » appareilla d'Alexandrie... Sous sa chaudière, les gueules de fonte lui servant de lest, avaient été remplacées en partie par des briques d'or, transportées de la dahabieh par Murphy Knobbles et W.W., la nuit, pendant que Frangopoulos était à terre.

Le beau temps sembla devoir favoriser le vieux remorqueur. Heureusement. Car sa chaudière fuyait, sa machine était poussive et sa coque geignait dangereusement au moindre coup de tangage. Murphy Knobbles, bien qu'il assurât que le petit vapeur était encore très solide, ne se sentait pas très rassuré. Et il comprenait que Frangopoulos ne l'était pas plus que lui...

Le pis, c'était que les trois hommes devaient travailler presque sans arrêt pour assurer la marche du petit vapeur. W.W., qui avait quelque connaissance en mécanique, s'était chargé de la machine... Il assurait la chauffe – quelques robinets à tourner – et veillait au graissage... Entre-temps, il dormait sur le pont, étendu sur une chaise longue... Frangopoulos et Murphy Knobbles se relayaient à la barre... Quant à la cuisine – elle était vite faite : quelques conserves réchauffées sur un petit fourneau à pétrole...

Impossible de faire le point. W.W. s'étant énergiquement refusé à acheter un sextant et un chronomètre. C'était tout juste si Murphy Knobbles avait pu obtenir de lui l'argent nécessaire à l'acquisition de quelques cartes marines indispensables. Et ainsi, l'« Ellas » naviguait à l'estime – approximativement. Murphy Knobbles avait vainement expliqué à W.W. qu'il allait être obligé de suivre la côte d'Afrique jusqu'à Gibraltar, ce qui, en allongeant le parcours, occasionnerait des dépenses de combustible et de vivres supérieures à l'achat d'instruments nautiques. W.W. n'avait rien voulu entendre...

Et le petit vapeur avançait, à sept nœuds de vitesse, à peine. Chaque matin, Murphy Knobbles « sondait » les réservoirs à mazout et constatait qu'ils se vidaient avec rapidité.

La machine de l'« Ellas » consommait beaucoup plus que ne l'avait affirmé son vendeur. Tout indiquait que la provision de mazout ne pourrait permettre au petit navire d'atteindre Gibraltar, où les combustibles liquides sont relativement à bon marché, mais qu'il faudrait relâcher avant, à Alger... peut-être même à Tunis. D'où accroissement de dépenses...

Aussi W.W. était-il plutôt de mauvaise humeur.

Frangopoulos ne l'était pas moins. Déjà maigre, il maigrissait encore... Il mettait la plus grande mauvaise volonté à assurer son service... Presque chaque fois, Murphy Knobbles était obligé d'aller le chercher pour prendre la barre... Frangopoulos, que l'ancien officier de marine était allé réveiller, feignait de se rendormir... D'où récriminations...

Pour le calmer, Murphy Knobbles, d'accord avec W.W. – et non sans peine ! – annonça que ses gages allaient être doublés. Frangopoulos parut satisfait. Pendant vingt-quatre heures. Et le jour suivant, il recommença à grommeler... Comme W.W. lui faisait observer qu'au prix où il était payé il aurait dû être très content, le Grec répondit :

— ... Même si vous me payiez quatre fois plus, je ne veux pas crever ma peau pour vous ! Je me demande quelle sale combine vous avez en tête... pour dépenser votre argent à acheter une dahabieh, puis un vieux remorqueur... au lieu de voyager comme tout le monde ! Y a sûrement quelque chose là-dessous !

— Il y a que nous aimons naviguer à notre façon, qui ne regarde personne ! Et vous moins que quiconque ! intervint Murphy Knobbles qui, de la petite passerelle, où il tenait la barre, avait tout entendu.

La conversation s'arrêta là...

Mais, deux jours plus tard, alors que l'« Ellas » se trouvait par le travers de Sfax, le cylindre haute-pression de la machine commença de fuir... Il fallut stopper... Le temps était beau, heureusement. Tant bien que mal, le joint du cylindre fut refait. Ce qui permit de constater que les segments du piston étaient usés et n'iraient plus bien loin...

Le petit vapeur put être remis en route. Maintenant c'était à peine s'il donnait six nœuds.

À la hauteur du cap Bon, le temps se gâta... En moins de deux heures, un furieux ouragan de sud-ouest se déchaîna... À demi chaviré, dansant, piquant du nez, couvert à chaque instant par d'énormes lames, le petit vapeur tenta de lutter. Murphy Knobbles avait pris la barre, cependant que W.W. et Frangopoulos s'efforçaient de maintenir la machine en pression...

Après une heure d'efforts, au cours de laquelle l'« Ellas », coiffé par de lourds paquets de mer, faillit plusieurs fois sombrer, Murphy Knobbles prit la seule décision possible : fuir devant le temps...

Un relèvement, qu'il avait pu prendre pendant une accalmie, lui avait permis de préciser sa position. Il se dirigea vers la côte de Sicile, afin de tenter de s'abriter dans le golfe de Castellamare en attendant la fin de la tempête...

Mais, peu après, W.W., trempé, crachant et soufflant, arriva sur la petite passerelle et annonça que le cylindre haute-pression fuyait de nouveau, et plus que jamais... Il fallait relâcher le plus tôt possible... d'autant plus que Frangopoulos, exaspéré, menaçait de refuser tout service...

Relâcher ? Où ? Le port le plus proche était Tunis, mais, pour l'atteindre, il fallait lutter contre le vent et la mer – et l'« Ellas » n'en était pas capable... Alors ? Palerme ?... Ou Naples ? Murphy Knobbles préférait Naples. Un plus grand port, où l'arrivée du petit vapeur aurait plus de chance de passer inaperçue...

— Allons à Palerme ! Ah ! Nous l'aurons gagné, notre or ! aboya William Wachstein, au comble de la fureur. Si j'avais...

Murphy Knobbles, dégoûté, lui ferma la bouche de sa main et lui cria dans l'oreille :

— Fermez ça ! On entend tout ce qui se dit ici, dans la machine !

— Oh ! avec ce temps grommela W.W. qui, sans insister, quitta la petite passerelle.

Le petit vapeur vint sur sa droite. Il eut bientôt la mer par l'arrière. Sa vitesse en fut accrue. Il roula moins...

Vers la fin de la journée, le vent mollit un peu. Mais les vagues demeurèrent hautes et continuèrent à briser...

Ce ne fut que le surlendemain, dans l'après-midi, que l'« Ellas », qui se traînait plus qu'il n'avançait, fut enfin dans le golfe de Naples. D'un dernier effort, le petit vapeur doubla l'île de Capri et alla s'amarrer au môle San Gennaro, entre deux petits voiliers chargés de ferraille.

Murphy Knobbles, qui parlait tant soit peu l'italien, descendit aussitôt à terre, afin de faire viser les papiers du bord aux bureaux du port.

Lorsqu'il revint, une heure plus tard, il trouva W.W. debout sur le quai, qui agitait furieusement ses bras. Il l'entraîna à bord.

— Ce pourceau ! Ce voyou ! Ce rascal !... Oui ! C'est du Grec, que je parle ! Il est parti... Il m'a demandé de le payer, qu'il ne voulait plus rester avec nous ! Enfin je lui ai remis dix livres... Il a dit qu'il reviendrait pour se faire payer le reste ! Il a dit... Il a dit... enfin il nous a insultés... qu'on trafiquait des affaires louches... que ce n'était pas clair... et tout et tout ! Je ne lui ai pas répondu ! Ah ! Nous aurions dû le noyer ! S'il fait des histoires à la police nous sommes faits comme des rats !

— ... Pourquoi en ferait-il ? remarqua Murphy Knobbles avec calme. Je suppose que vous ne lui avez pas dit que vous ne le payeriez pas ?... Lorsqu'il viendra, je le calmerai... et s'il ne veut définitivement pas rester, nous trouverons bien un homme pour le remplacer...

— ... Et moi, je vous dis, mister Knobbles, que tout ça va mal se terminer ! Ces Grecs, je les connais ! Tous crapules et compagnie ! Il faut repartir le plus vite possible !

— Naturellement, concéda l'ancien officier de marine. Mais, maintenant, tous les ateliers sont fermés... et toute hâte inconsidérée de notre part pourrait sembler louche ! De plus, il nous faut du mazout – les réservoirs sont à peu près vides ! Demain, je m'occuperai de tout… Et nous pourrons appareiller dans la journée !

W.W. fit entendre un grommellement furieux.

Les deux hommes dînèrent de conserves. Aucun d'eux ne descendit à terre.

Le jour suivant, dès l'aube, ils furent debout. Murphy Knobbles s'en fut aussitôt à terre. Il commanda du mazout et parvint à obtenir que, dans le courant de la matinée, des ouvriers mécaniciens viendraient examiner et réparer la machine de l'« Ellas ».

Lorsqu'il revint à bord, un peu avant midi, W.W. lui apprit que Frangopoulos n'avait pas reparu, ce qui lui semblait louche. Non sans peine, Murphy Knobbles parvint à le rassurer.

Les ouvriers n'étaient pas encore venus. Ils n'arrivèrent qu'à deux heures, démontèrent la machine et annoncèrent qu'en refaisant le serre joint du piston de haute pression et en changeant les segments, le petit vapeur pourrait repartir. Le tout serait terminé le lendemain dans la soirée. Impossible d'obtenir autre chose…

Le mazout était arrivé, sur un chaland citerne. Il fut rapidement pompé à bord.

Et ce fut la fin de la journée.

Frangopoulos n'avait toujours pas reparu, mais W.W. commençait à se rassurer. Vers sept heures, il descendit à terre, pour y dîner, et ne revint que fort tard dans la nuit. Murphy Knobbles était resté à bord. Il n'était pas d'humeur à se distraire. Sans qu'il le montrât, toutes sortes de mauvais pressentiments l'assaillaient. Encore plus que W.W., il aurait voulu être en mer...

La nuit passa sans incident, ainsi que la matinée qui suivit.

Pour partir, les associés n'attendaient plus que les segments qui devaient être apportés dans l'après-midi...

Et toujours pas de nouvelles de Frangopoulos. Ce qui était de moins en moins rassurant. W.W. et Murphy Knobbles, maintenant, se rappelaient certaines attitudes du matelot grec, des coups d'œil, des chuchotements... Il devait sûrement se douter de quelque chose. Mais que faisait-il ? Où était-il ?

À quatre heures de l'après-midi, les ouvriers arrivèrent enfin. Ils expliquèrent qu'ils avaient dû fabriquer des segments, la machine de l'« Ellas » étant d'un modèle démodé et ancien... Ils se mirent aussitôt au travail – et, un peu avant cinq heures, eurent enfin terminé.

Toujours pas de Frangopoulos. Les associés décidèrent de mettre la chaudière en pression – et de filer...

Mais, au moment où W.W. allait descendre dans la chaufferie, les silhouettes de deux agents en uniforme apparurent au bout du quai – et se dirigèrent vers l'« Ellas »...

— C'est pour nous ! gronda l'ancien garagiste, les yeux brillants. Mais ils ne nous auront pas ! Il n'y a personne sur le quai ! Laissons-les monter à bord... On les assommera... on partira et on les emmènera ! Avant qu'on les recherche, nous...

— ... Vous êtes fou ! interrompit Murphy Knobbles. Nous...

Mais les agents étaient déjà à portée de la voix. La nuit venait avec rapidité. Déjà, les candélabres électriques du quai venaient d'être allumés...

Les agents, qui avançaient rapidement, arrivèrent presque aussitôt devant le remorqueur et franchirent la planche qui le reliait au quai...

— Ordre de la capitainerie du port ! Nous venons visiter votre bateau ! expliqua le policier, dont la manche s'ornait des insignes de brigadier.

Murphy Knobbles et William Wachstein échangèrent un rapide regard... Murphy Knobbles aurait bien voulu retenir son associé – mais c'était trop tard.

— Veuillez descendre, signores ! dit-il.

Les agents, derrière Murphy Knobbles, descendirent la petite échelle de bois qui conduisait à l'unique cabine du bord, située à l'arrière. Ils arrivaient à peine en bas que W.W., qui était descendu derrière eux, porta au brigadier un terrible coup de clé anglaise sur la nuque, qui l'abattit dans l'échelle... Murphy Knobbles, quoiqu'il en pensât, dut se jeter sur le second policier. Aidé de W.W. il l'eut rapidement maîtrisé et ligoté...

Les associés remontèrent sur le pont... Personne sur le quai. Les deux voiliers entre lesquels était accosté l'« Ellas » avaient appareillé depuis le matin...

Les brûleurs de la chaudière furent allumés... Et les deux hommes attendirent, le cœur serré, que la pression montât...

Enfin l'on put partir. Les associés larguèrent les amarres qui retenaient au quai le petit navire. Et, tandis que Murphy Knobbles prenait la barre, W.W. ouvrit la valve d'admission de vapeur dans les cylindres...

L'« Ellas », lentement, s'éloigna du quai désert.

La nuit était complètement venue.

Le phare qui termine le môle de San Vincenzo fut doublé et le petit navire piqua vers le large...

Il n'avait pas franchi deux milles que, soudain, un grondement sourd retentit dans ses profondeurs... Tout aussitôt, W.W. vit l'eau envahir la chaufferie avec une rapidité inouïe... Il n'eut que le temps de bondir sur le pont. Une des tôles de la carène du remorqueur, complètement pourrie, venait de céder à la pression de l'eau...

— Les policiers ! s'écria Murphy Knobbles, à qui W.W., d'une voix entrecoupée, venait d'annoncer la catastrophe.

Mais l'ancien garagiste, affolé, ne lui répondit pas et, bondissant par dessus la rambarde, se jeta à la mer...

Déjà, le pont du remorqueur était au ras de l'eau noire.

Murphy Knobbles s'engouffra dans la petite cabine, où les policiers gisaient ligotés... Il coupa leurs liens et les invitant à se jeter, comme lui, à la mer...

Tous deux hurlèrent qu'ils ne savaient pas nager...

Le remorqueur coulait. À la suite de Murphy Knobbles, les deux hommes n'eurent que le temps de grimper sur le pont... Knobbles, empoignant le brigadier, voulut l'entraîner dans l'eau. Mais le policier, affolé, se débattit et lui échappa...

Au même instant, Murphy Knobbles sentit le pont du remorqueur se dérober sous ses pieds... Il n'eut que le temps de foncer dans l'eau noire et de s'écarter.

Vainement, il chercha les deux policiers... Ils avaient disparu.

Murphy Knobbles et William Wachstein, qui avaient pu gagner la terre, furent arrêtés quelques heures plus tard. W.W. tenta de se sauver en niant tout. Mais Murphy Knobbles dédaigna de mentir et expliqua ce qui s'était passé.

Lui et W.W. apprirent que les policiers étaient simplement venus pour viser les papiers du petit remorqueur avant son départ – et qu'ils ne se doutaient de rien. Quant à Frangopoulos, s'il n'avait pas reparu, c'était parce qu'il avait été blessé dans un cabaret, au cours d'une rixe. Il était présentement à l'hôpital.

Murphy Knobbles et William Wachstein furent condamnés chacun à quinze ans de « carcero duro » – de réclusion...

Murphy Knobbles – tout comme son associé – subit actuellement sa peine. Et, dans l'horreur de sa cellule sans fenêtre, sans doute pense-t-il à l'avertissement du « Premier des Habitants du Royaume de l'Ouest » : « qui touchera l'effigie, Horus se retirera de lui, et il mourra dans les ténèbres »...

JOSÉ MOSELLI